CU00843025

Les auteurs :

Classe spécialisée de Mme Quinet à Mariembourg (Belgique) : Mathéo, Marie-José, Luna, Keira, Mathéo, Gabriel et Bertrand.

Classe spécialisée de Mme Coolens à Mariembourg (Belgique) : Yanaika, Tatiana, Naolinne, Emeline, Vanessa, Lizéane, Tristan, Sean, Amaury, Nathan et Vincent.

Classe de CP de Mme Bani à Nice (06) : Allan, Amira, Arthur, Delroy, Delphine, Dalinda, Ema, Emir, Fabian, Farrah, Hamza, Hind, Iyad, Ion, Lakshana-Sri, Léa, Léonor, Myiesha, Rayhanna, Schaïd, Sayfati, Thays, Vlera, Yassin et Youssef.

Classe de CE2-CM1 de Mme Gullung à Laneuveville-devant-Nancy (54) : Anais, Alyssa, Juliette, Thalia, Noah, Anthony, Lena, Gaetan, Eliott, Ilayda, Zelie, Ethan, Engjell, Sami, Yvann, Flavie, Lucie, Manuel, Mathias, Léa et Timeo.

Classe de CE2 de Mme Vella à Châtenay-Malabry (92) : Léa, Assil, Rayane, Simon, Anne-Laure, Alicia, Inès D, Émilie, Shaïnèse, Nora, Inès K, Sebastian, Lola, Nathaël, Thomas L-B, Ivan, Enzo, Loan, Edwige, Leelou, Margaux, Baptiste, Sabrine, Raphaël, Eva et Thomas V.

Classe de CE1-CE2-CM1-CM2 de Mme Kastler à Mellionnec (22) : Lili, Dalva, Lilwenn, Inthia, Wesley, Nathaniel, Alyssa, Sara, Simon, Milan, Maëlle, Damien, Loeiza, Morgane, Charly, Alexis, Yanis, Amali et François.

Classe de CM1-CM2 de Mme Héliot à St Pey de Castets (33) : Marina, Lukas, Léa, Alexia, Adam, Vanina, Benjamin, Paul, Nino, Amandine, Pétronille, Ryan, Maëva, Yann, Sarah, Rémi, Mariana, Hugo, Christine, Lina, Ugo, Thibaut, Mathéo, Emma et Gaël.

Classe de CE2 de Mme Thibaut à Paris (75) : Siméon, Alix, Maxence, Victor, Louise, Capucine, Joseph, Théophile, Lucile, Henri, Madeleine, Eleonore, Foulques, Théophile, Charlotte, Faustine, Victoire, Victor, Mia, Marguerite, Lisa, Pierre, Zélie, Antoine et Alice.

Classe de CE1 de Mme Gaillard à Villeneuve la Guyard (89) : Maïssa, Alexandre, Maéna, Salomé, Cameron, Gabriel, Sasha, Pauline, Ayumi, Tiago, Elodie, Williams, Sofia, Alice, Mahina, Gino, Anaïs, Lucas, Johan, Gwendoline, Kira, Maddie, Alexis et Francky.

Classe de CM1 de Mme Riahi à Maizières la Grande Paroisse (10) : Lucas, Dylan, Maë, Maxence, Soélie, Nathan, Abigail, Lucie, Lola, Killian, Quentin, Mathis, Ambroise, Clara, Thomas, Erwan, Orlane, Margot, Bakary et Sara.

Classe de 5e et 6e de Mme Adam de Mussy-la-Ville (Belgique) : Arthur, Eliott, Romain, Kelly, Ellie, Anaëlle, Gauthier, Mathéo, Elya, Elsa, Stéfane, Maïlo, Noah, Kenzo, Antonin, Lucie, Adeline, Flavie, Emma, Igor et Jordan.

Le fantastique voyage de Kimi Tori

écrit par

224 élèves de Belgique et de France

Je suis Kimi Tori, le cerf-volant.

Un vrai de vrai.

Un de ceux qui volent et virevoltent

dans le ciel immense. Là où le vent

souffle très fort.

Aujourd'hui, c'est mercredi. Kimi-Tori est heureux de voler très haut dans le ciel. Tout est petit, vu d'en-haut : les arbres, les maisons, les vaches, les prairies et son ami, Timéo. Dans ce bon vent, il vole comme un oiseau, plonge et fait voler ses beaux rubans.

Quel bonheur !

5

Kimi Tori s'envole encore plus haut dans le ciel Il se sent bien. Il se sent libre et heureux. Le temps est nuageux. Il rencontre un nuage.

- Bonjour nuage, comment t'appelles-tu ?

- Je m'appelle Cotondoux

- Et toi comment t'appelles-tu ?

- Je suis Kimi Tori, le cerf-volant, un vrai de vrai, un de ceux qui volent et virevoltent dans le ciel immense là où le vent souffle très fort.

- Où vas-tu ? demande Cotondoux.

- Je cherche des amis très gentils lui répond Kimi Tori.

- S'il te plait, est-ce que je peux devenir ton ami ?" dit

Cotondoux d'une voix douce.

- Oui, viens avec moi.

Et ils partent ensemble dans le ciel immense.

Ils rencontrent un oiseau.

« Bonjour l'oiseau, comment t'appelles-tu ? demande Kimi Tori.

- Je m'appelle Tom, dit l'oiseau. Et vous, comment vous appelez-vous ?

- Je suis Kimi Tori, le cerf-volant, un vrai de vrai, un de ceux qui volent et virevoltent

dans le ciel immense là où le vent souffle très fort. Et voici mon ami Cotondoux.

- Où allez-vous ? demande Tom.

- Nous cherchons des amis très gentils, lui répondent Kimi Tori et Cotondoux.

- Est-ce que je peux être votre ami ? demande Tom.

- Oui, bien sûr. »

8

Ils décident de jouer à cache-cache tous les trois. Ils jouent à cache-cache tellement longtemps que la nuit tombe. Tout à coup, une ombre passe...

10

Ils l'appellent.

« Bonsoir monsieur, comment vous appelez-vous ? demandent les trois amis.

- Oh ! Oh ! Oh ! Je suis le Père Noël ! Et vous, comment vous appelez-vous ?

- Je suis Kimi Tori, le cerf-volant, un vrai de vrai, un de ceux qui volent et virevoltent

dans le ciel immense là où le vent souffle très fort. Et voici mes amis Cotondoux et Tom.

- Où allez-vous ? demande le Père Noël.

- Nous cherchons des amis très gentils, répondent Kimi Tori, Cotondoux et Tom.

- Bonne recherche. J'ai du travail, dit le Père Noël. »

En partant, il leur laisse un cadeau.

Le lendemain, en découvrant leur cadeau, les trois amis fous

de joie, l'ouvrent aussitôt. Là, une lumière jaune et intense

les éblouit. Puis, ils entendent une petite voix : « Bonjour,

je suis Starla, l'étoile. Une vraie de vraie. Une de celles qui

brillent et scintillent comme un feu d'artifice. Je me sentais seule et le Père Noël m'a dit

que vous cherchiez des amis. »

« Bonjour, répondent les trois amis.

- Et vous comment vous appelez-vous ?

- Je suis Kimi Tori, le cerf-volant. Un vrai de vrai. Un

de ceux qui volent et virevoltent dans le ciel

immense là où le vent souffle très fort.

- Je suis Cotondoux, le nuage. Un vrai de vrai. Un de

ceux qui flottent et font la pluie et le beau temps.

- Je suis Tom, l'oiseau. Un vrai de vrai. Un de ceux

qui planent très haut et tournoient autour de la

Terre.

- Nous avons donc une nouvelle amie grâce au Père Noël, déclare Kimi Tori.

- Et si on le remerciait, lance Cotondoux. »

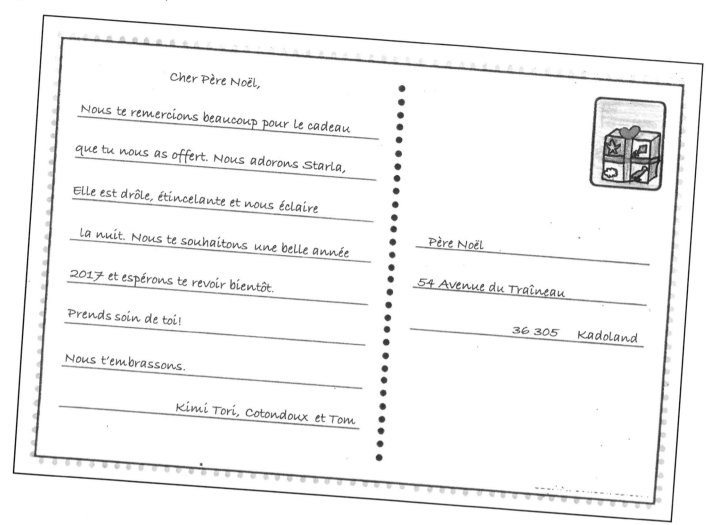

Cher Père Noël,

Nous te remercions beaucoup pour le cadeau

que tu nous as offert. Nous adorons Starla,

Elle est drôle, étincelante et nous éclaire

la nuit. Nous te souhaitons une belle année

2017 et espérons te revoir bientôt.

Prends soin de toi!

Nous t'embrassons.

Kimi Tori, Cotondoux et Tom

Père Noël

54 Avenue du Traîneau

36 305   Kadoland

« Je dois vous révéler un secret. Je ne suis pas une étoile ordinaire, je suis magique.

- Fabuleux ! Quel est ton pouvoir ? l'interrogent les trois compères.

- Je peux réaliser votre vœu le plus cher.

- Incroyable, s'exclame Kimi Tori, réfléchissons... Moi, je souhaiterais que tous les enfants

du monde aient les mêmes droits.

- J'aimerais la paix partout dans le monde, décide Cotondoux.

- Et moi .... Humm mm, je voudrais que tout le monde ait assez d'argent pour vivre

heureux !

- Suivez-moi tous les trois, maintenant nous devons aller jusqu'à la Rivière des Vœux

pour qu'ils se réalisent. »

Justice pour tous les enfants

Egalité pour tous les enfants

Droit pour aller à l'école

La rivière était magnifique, coulant rapidement entre les rochers. Arrivés au bord de l'eau, ils remarquent une silhouette d'enfant. Kimi Tori reconnait Timéo et se pose à ses pieds.

« Oh, tiens, mon cerf-volant ! s'exclame Timéo. Je t'ai cherché partout.

- Qui est cet enfant ? chuchote Starla.

- C'était mon premier ami, répond Kimi. »

Starla prend alors de l'eau et la met sur le visage de Timéo. Starla demande : - Pourrais-tu nous dire les droits des enfants ?

Timéo est étonné de voir une étoile qui parle. - La justice pour les enfants, répond Timéo.

A ce moment-là, les mots sortent de la bouche de Timéo et vont se coller sur le cerf-volant.

- Que les enfants soient égaux, prononce alors Timéo. De nouveau, les mots s'envolent.

- Que tous les enfants aient le droit d'aller à l'école. Ces mots se posent aussi sur Kimi.

- Maintenant, tu vas filer comme le vent pour montrer ces mots au monde entier.

- Starla, Cotondoux et Tom, est-ce que vous voulez venir avec moi ? demande Kimi Tori.

- Oui bien sûr, nous sommes tes amis ! s'exclame Cotondoux.

- Nous reviendrons ensuite à la rivière pour exaucer les vœux de Tom et Cotondoux, ajoute Starla.

Tom hoche la tête et sourit. Et les voilà partis pour parcourir le monde et montrer ces mots. Le vent les emporte en Chine. Ils rencontrent un dragon.

- Bonjour le dragon, comment t'appelles-tu ?

- Bonjour, je suis Flamme, le dragon. Un vrai de vrai. Un de ceux qui filent plus vite que le vent et crachent les flammes rouges comme la lave. Et vous, comment vous appelez-vous ?

- Je suis Kimi Tori, le cerf-volant. Un vrai de vrai. Un de ceux qui volent et virevoltent dans le ciel immense là où le vent souffle très fort.

- Je suis Cotondoux, le nuage. Un vrai de vrai. Un de ceux qui flottent et font la pluie et le beau temps.

- Je suis Tom, l'oiseau. Un vrai de vrai. Un de ceux qui planent très haut et tournoient autour de la Terre.

- Je suis Starla, l'étoile. Une vraie de vraie. Une de celles qui brillent et scintillent comme un feu d'artifice.

- Veux-tu nous aider à montrer ces mots à ton pays ? demande Tom.

- Oui, avec plaisir, il y a beaucoup d'enfants qui travaillent durement dans nos usines. Flamme les guide jusqu'à une usine. Kimi Tori et ses amis découvrent des centaines d'enfants en train de fabriquer des survêtements. Soudain, les machines se mettent à coudre les mots de Timéo. Surpris, les enfants sortent de l'usine et regardent vers le ciel. Ils crient de joie en remerciant Kimi Tori et sa bande.

« Maintenant que nous sommes libres, allons jouer ! s'écrient les enfants. Nous avons tous le droit de jouer ! »

Kimi -Tori et ses compagnons survolent toutes les usines de Chine avec toujours la même récompense, la joie des enfants. Puis les voilà repartis, poussés par le vent, avec leur nouvel ami Flamme.

Ils arrivent au Gabon. Ils rencontrent un papillon.

- Bonjour le papillon, comment t'appelles-tu ? demande Kimi Tori.

- Je suis Espoir, le papillon. Un vrai de vrai. Un de ceux qui papillonnent dans la nuit étoilée et qui donnent des couleurs à la vie. Et vous comment vous appelez-vous ?

- Je suis Kimi Tori, le cerf-volant. Un vrai de vrai. Un de ceux qui volent et virevoltent dans le ciel immense là où le vent souffle très fort.

- Je suis Cotondoux, le nuage. Un vrai de vrai. Un de ceux qui flottent et font la pluie et le beau temps.

- Je suis Tom, l'oiseau. Un vrai de vrai. Un de ceux qui planent très haut et tournoient autour de la Terre.

- Je suis Starla, l'étoile. Une vraie de vraie. Une de celles qui brillent et scintillent comme un feu d'artifice.

- Je suis Flamme, le dragon. Un vrai de vrai. Un de ceux qui filent plus vite que le vent et crachent les flammes rouges comme la lave.

- Veux-tu nous aider à montrer ces mots à ton pays ? demande Tom.

- Oui, avec plaisir, il y a beaucoup d'enfants qui ne vont pas à l'école car il y en a peu et elles sont mal équipées.

18

Espoir les guide jusqu'à un nouveau village gabonais. Kimi Tori et ses amis découvrent des enfants en train de jouer, de faire des tâches ménagères ou d'aider dans les champs. Soudain, des 4 L surgissent, et viennent leur apporter des fournitures scolaires et de quoi construire une école dans le village. Surpris, les enfants regardent vers le ciel. Ils crient de joie en remerciant Kimi Tori et sa bande.

- Maintenant que nous pouvons aller à l'école, nous allons enfin apprendre à lire et à écrire ! s'écrient les enfants. Nous avons tous le droit d'étudier.

Kimi Tori et ses compagnons survolent ainsi les villages suivis par les 4L.

- Maintenant que mon vœu est exaucé, nous pouvons retourner à la rivière pour réaliser celui de Cotondoux.

Sur le chemin de retour en direction de la Rivière des Vœux, nos amis rencontrent une jolie libellule.

- Bonjour la libellule, comment t'appelles-tu ? demande Kimi Tori.

- Je m'appelle Rikiki, dit la libellule. Une vraie de vraie. Une de celles qui battent des ailes et gesticulent dans le silence. Et vous, comment vous appelez-vous ?

- Je suis Kimi Tori, le cerf-volant, un vrai de vrai, un de ceux qui volent et virevoltent dans le ciel immense là où le vent souffle très fort. Et voici mes amis :

- Je suis Cotondoux, le nuage. Un vrai de vrai. Un de ceux qui flottent et font la pluie et le beau temps.

- Je suis Tom, l'oiseau. Un vrai de vrai. Un de ceux qui planent très haut et tournoient autour de la Terre.

- Je suis Starla, l'étoile. Une vraie de vraie. Une de celles qui brillent et scintillent comme un feu d'artifice.

- Je suis Flamme, le dragon. Un vrai de vrai. Un de ceux qui filent plus vite que le vent et crachent les flammes rouges comme la lave.

- Je suis Espoir, le papillon. Un vrai de vrai. Un de ceux qui papillonnent dans la nuit étoilée et qui donnent des couleurs à la vie.

- Veux-tu venir avec nous et nous aider à exaucer le vœu de Cotondoux ?

- Oui je veux bien. Quel est ton vœu Cotondoux ?

- Mon rêve est qu'il y ait la paix dans le monde.

Nos amis prennent leur envol et discutent...

- La paix dans le monde, dit Rikiki. Comment faire pour réaliser ce vœu ?

- Pour moi dit Starla, la paix dans le monde c'est tout d'abord de supprimer les guerres et les armes à feu.

- Oui, dit Kimi Tori. Nous sommes tous frères et nous habitons tous la même planète. Et peu importe notre couleur de peau, notre religion, notre culture, notre langue...

Nos amis arrivent alors en Syrie et se retrouvent au cœur d'un champ de bataille. On entend des tirs de partout. Starla décide alors de se servir de son pouvoir magique et elle se met à parcourir le champ de bataille en y déposant une trainée de sa poudre d'étoile. Il se passe alors une chose incroyable sous les yeux de nos amis : les armes des soldats se transforment. Chaque combattant se retrouve avec une colombe au bout de son arme. Ebahis et surpris, tous les soldats se regardent...

C'est alors qu'en travers du champ de bataille, une chose incroyable se produit : des rails sortent de terre et un train arrive et s'arrête ! Nos amis n'en reviennent pas. Sur le train, un message est écrit : « STOP. CESSEZ LES CONFLITS » Des portes s'ouvrent et des enfants descendent du train avec des drapeaux blancs pour la paix. Ils se dirigent vers chaque soldat afin d'aller leur prendre la main. Nos amis sont heureux devant ce spectacle!

Cotondoux est ravi. Son vœu est en partie réalisé et il espère que celui-ci se répandra aux quatre coins de la terre partout où se déroulent des conflits ! Kimi Tori et ses compagnons se promènent au-dessus du champ de bataille et observent ce spectacle de paix !

- C'est merveilleux, dit Kimi Tori.

- Merci au Père Noël, dit Rikiki car Starla est vraiment un précieux cadeau !

Rikiki regarde ses amis et leur demande :

- Dites les amis, pensez-vous vraiment que la paix dans le monde ce soit uniquement d'arrêter les guerres ? Ne pensez-vous pas que la paix c'est aussi tous les jours entre nous ?

- Oui évidemment ! Mais là, il est temps de retourner à la Rivière des Vœux à présent que mon vœu est exaucé, dit Cotondoux.

- Oui, il est temps de réaliser le vœu de Tom affirme Kimi Tori...

Kimi-Tori et ses six amis retournent à la Rivière des vœux. Lorsqu'ils arrivent, horreur !

La rivière a disparu. Ils aperçoivent quelque chose d'orange près de la rivière vide. C'est un renard qui inspecte avec une loupe les traces laissées dans le lit de la rivière. Les sept amis descendent vers le renard :

- Bonjour, je suis Kimi Tori, le cerf-volant, un vrai de vrai, un de ceux qui volent et virevoltent dans le ciel immense là où le vent souffle très fort. Et toi, comment t'appelles-tu ?

- Je suis l'inspecteur SUPERMALIN, un vrai de vrai, un de ceux qui mènent des enquêtes pour résoudre des énigmes. Et vous ? Qui êtes-vous ?

- Voici Cotondoux le nuage, Tom l'oiseau, Starla l'étoile, Flamme le dragon, Espoir le papillon et Rikiki la libellule, ce sont mes amis, dit Kimi Tori. Nous venions à la Rivière des vœux pour faire exaucer le vœu de notre ami Tom. Mais où est la rivière ?

- J'ai trouvé des traces de pas, explique l'inspecteur Supermalin. J'ai découvert que ce sont des empreintes de chameaux. Si nous les retrouvons, nous retrouverons sûrement la rivière.

- En nous envolant, nous pourrons plus rapidement suivre la piste des empreintes, dit Espoir le papillon.

- Je ne peux pas voler, dit le renard.

- Je vais te saupoudrer de poussière d'étoile pour que tu puisses voler avec nous.

- D'accord, répond l'inspecteur Supermalin.

Kimi-Tori et ses amis s'envolent dans le ciel, ils suivent les traces et découvrent les chameaux en train de se reposer au pied de la montagne. Ils atterrissent.

- Regardez la taille des ventres des chameaux, ils ont dû boire toute l'eau de la rivière pour être aussi gonflés, dit l'inspecteur Supermalin.

- Mais comment allons-nous faire pour récupérer l'eau de la rivière et exaucer mon vœu ? s'inquiète Tom.

- J'ai une idée ! s'exclame Flamme, le dragon. Je vais cracher du feu autour des chameaux pour faire évaporer l'eau et qu'elle se transforme en vapeur d'eau.

- Il faut ensuite qu'elle refroidisse pour redevenir de l'eau liquide, s'inquiète Kimi Tori.

- Je sais ! dit Espoir le papillon. Tom, Flamme, Rikiki et moi, nous allons battre des ailes très fort pour refroidir la vapeur, puis Cotondoux attrapera les gouttes d'eau et il les libérera au-dessus du lit de la Rivière des vœux.

- Bonne idée ! répond Cotondoux, essayons !

Flamme crache du feu, Tom, Rikiki et Espoir battent des ailes, Cotondoux attrape la vapeur. Quand il est plein, il se met à pleuvoir.

- Youpi, on a réussi ! crient Kimi-Tori et ses amis en voyant la rivière se remplir d'eau. Maintenant, la Rivière peut exaucer le vœu de Tom.

- Je souhaite que tout le monde ait assez d'argent pour vivre heureux, dit timidement Tom.

Tout à coup, Cotondoux devient tout doré... Ses gouttes d'eau se transforment en gouttes d'or.

- Oh Cotondoux tu brilles !!! s'exclame Rikiki.

- Il faut que tu ailles distribuer toutes ces gouttes d'or au monde entier Cotondoux, dit Espoir.

- Je vais avoir besoin d'un peu d'aide, qui vient avec moi ? demande Cotondoux.

- On vient TOUS avec toi !! répondent tous les amis.

- Est-ce que je peux venir avec vous moi aussi ? demande le renard.

- Oui tu es notre ami aussi ! Un peu de poussière d'étoile et c'est reparti !

Et les voilà tous partis distribuer de l'or autour du monde.

Après un long voyage, nos huit amis arrivent à Madagascar. Ils rencontrent une ampoule toute triste.

- Bonjour, je m'appelle Kimi Tori, je suis un cerf-volant, un vrai de vrai, un de ceux qui volent et virevoltent dans le ciel immense là où le vent souffle très fort. Et voici mes amis Cotondoux, Tom, Starla, Flamme, Espoir, Rikiki et sans oublier Supermalin ! Comment t'appelles-tu ?

- Bonjour, je suis l'ampoule Lumiclaira, une vraie de vraie, une de celles qui illuminaient tout le village.

- Qu'est-ce qui ne va pas ?

- Il n'y a plus d'électricité dans le village, je ne peux plus briller car il y a eu un violent orage. La foudre a fait des dégâts, et depuis je n'éclaire plus, et mes amies non plus.

- Pouvons-nous t'aider ?

- Oui, ce serait gentil de votre part. Si vous voulez je vous emmène au village et nous pourrons en discuter tous ensemble.

Et les voilà partis vers le village. Une fois arrivés, ils rencontrent plusieurs villageois.

- Bonjour chers villageois, voici des amis qui peuvent nous aider à réparer les dégâts causés par le violent orage.

- Comment pouvons-nous vous aider ? demande Tom.

Le chef du village s'avance et répond :

- Nous devons faire des travaux de réparation, mais nous n'avons pas assez d'argent. Nous sommes obligés de nous éclairer avec des bougies, on a du mal à faire à manger, on ne peut plus se chauffer, les enfants n'ont plus de lumière dans leur école et doivent lire avec des lampes torches... donc c'est très compliqué.

- Moi j'ai des gouttes d'or, dit Cotondoux, je peux vous en donner pour acheter le matériel.

- Et moi je connais quelqu'un qui peut nous aider, dit Flamme, ce sont les électriciens sans frontières, ils accomplissent de vrais exploits !

- Avec grand plaisir !

Cotondoux donne des gouttes d'or à Flamme qui va chercher les électriciens sans frontières. Puis ils vont acheter tout ce qu'il faut. Ensuite ils reviennent dans les fameuses 4L transportant tout le matériel nécessaire. Enfin ils réparent les dégâts. Pendant ce temps-là, les enfants font de jolis dessins pour les électriciens et en même temps les habitants du village préparent une grande fête. Quelques jours après, les travaux sont finis. Ils font la fête tous ensemble. Le lendemain les électriciens sans frontières repartent contents car grâce à eux les gens sont heureux et nos amis aussi.

Ils continuent leur voyage. Ils arrivent au Bénin et ils rencontrent un iguane qui a les larmes aux yeux.

- Bonjour l'iguane, comment t'appelles-tu ? demande Kimi Tori.

- Je m'appelle Yco, je suis un iguane, un vrai de vrai, un de ceux qui grimpent et descendent des arbres les plus hauts, et toi comment t'appelles-tu ?

- Je m'appelle Kimi Tori, un cerf-volant, un vrai de vrai, un de ceux qui volent et virevoltent dans le ciel immense là où le vent souffle très fort. Et voici mes amis Cotondoux, Tom, Starla, Flamme, Espoir, Rikiki et Supermalin !

- Qu'est-ce qui ne va pas ? demande Flamme.

- Le problème est qu'il n'y a plus d'eau, répond Yco, les femmes font 4 km pour aller chercher de l'eau et en plus l'eau n'est pas potable. Il nous faudrait un puits mais nous n'avons pas assez d'argent.

- Nous allons vous aider, disent en cœur Starla, Rikiki et Espoir.

Yco les emmène au village. Sur le chemin, ils aperçoivent des femmes chargées avec des pots remplis d'eau sur la tête. Elles ont l'air fatiguées et à bout de force. Il leur présente le maire du village... Cotondoux fait tomber des gouttes d'or et les donne aux habitants qui sont contents.

Le maire les remercie, car ils vont pouvoir construire un puits. Grâce aux 4L ils vont acheter le matériel. Ensuite tout le monde se met à l'ouvrage. Chacun met la main à la pâte si bien que le puits est construit en deux jours. Avant de partir, les villageois font une grande ronde autour du puits et ils chantent et dansent pour remercier Kimi Tori et ses amis. Avant de partir, Kimi Tori demande à Yco :

- Veux-tu être notre ami et venir avec nous ?

- Avec joie ! répond l'iguane. Un petit coup de poussière d'étoile. Et c'est parti !

Et ils poursuivent leurs aventures. Les amis atterrissent à Haïti. Ils rencontrent une petite fille.

- Bonjour, je suis Kimi Tori, et voici mes amis. Comment t'appelles-tu ?

- Bonjour, je m'appelle Valéria.

- Que fais-tu là ? demande la troupe.

- Je cherche un abri. Nous n'avons plus de maison pour nous loger car il y a eu un tremblement de terre, et nous avons besoin de vivres.

- Voici des gouttes d'or pour vous acheter à boire et à manger. Où sont tes parents ? demande Rikiki

- Ils sont là-bas, venez, je vous les présente. Valéria fait les présentations. Cotondoux leur donne des gouttes d'or. Les parents sont bouche bée, impressionnés, épatés !!!

- Merci du fond du cœur, nous allons partager avec les habitants de notre village. Nous allons pouvoir nous construire une nouvelle vie : manger à notre faim, reconstruire nos maisons, et dormir dans un lit bien chaud...

Le vent les emporte vers de nouvelles aventures. Nos amis arrivent en France près de Paris. Ils aperçoivent un bâtiment sur lequel est affiché "Les restos du cœur".

- A quoi sert ce bâtiment ? se demande Espoir.

- Allons voir ! s'exclame Rikiki.

Ils entrent et rencontrent une personne :

- Bonjour Monsieur, je suis Kimi Tori, et voici mes huit amis.

- Bonjour je suis un des bénévoles, je m'appelle Steeve.

- Que signifie le mot bénévole ? demande Tom.

- Être bénévole c'est aider les gens, répond Steeve. Nous distribuons gratuitement des aliments, de la lessive... aux plus défavorisés.

- Comment pouvons-nous vous aider ? demande Kimi Tori.

- On a besoin de plus d'argent, dit Steeve. Alors Cotondoux fait don de plusieurs gouttes d'or. Steeve les remercie. Il est émerveillé par le spectacle. Et grâce à ce don, celui-ci sait qu'il va pouvoir faire beaucoup d'heureux.

Puis les neuf amis repartent vers d'autres horizons. Ils sont contents car grâce au vœu de Tom, beaucoup de gens ont pu avoir assez d'argent pour être heureux.

Mais ils ne s'arrêtent pas là.

Sur le chemin de la rivière des vœux, Cotondoux continue à distribuer ses gouttes d'or au monde entier jusqu'à ce qu'il n'ait plus rien. Cotondoux n'a plus rien comme pouvoir et son pouvoir apportait de la joie à ses amis. Tout le monde est triste. Chacun a perdu sa couleur. Ils sont tout gris. Soudain, un gros coup de vent les emporte très haut dans

le ciel, tellement haut qu'ils aperçoivent une lumière éblouissante. C'était le soleil. Kimi Tori lui demande :

- Comment t'appelles-tu ?

- Je suis Brûlant Touchant, le vrai de vrai, celui qui brûle en le touchant, un vrai méchant.

- Pourquoi es-tu si méchant ?

- Je n'ai jamais eu d'amis...

- Pourquoi n'as-tu pas d'amis ?

- Je suis trop chaud, trop brûlant, trop haut dans le ciel pour avoir des amis. De toute façon, je n'en ai pas besoin !! Je suis bien tout seul !

- Viens avec nous et tu découvriras ce

qu'est un ami...

- Non, jamais !!! Allez-vous-en ou je vous brûle !!!

Brûlant Touchant est tellement fâché qu'il devient tout rouge, de plus en plus rouge, rouge de colère... Il crache alors toutes les couleurs qu'il a avalées car il se nourrit de la tristesse des gens malheureux en leur prenant leurs couleurs. Alors, Kimi Tori et tous ses amis retrouvent des couleurs mais pas les bonnes.

Supermalin est devenu rose ; Cotondoux, orange ; Kimi Tori, blanc ; Flamme, bleu ; Starla, rouge... Il y a un gros problème à régler. Tout à coup, ils entendent un bruit. Quelqu'un appelait au secours.

- Il y a urgence. Oublions pour l'instant nos couleurs.

- Regardez là-bas. Il y a une petite chauve-souris coincée dans un arbre.

Tom la décoince et ils se présentent chacun à leur tour.

- Bonjour, je suis Kimi Tori et voici tous mes amis : Cotondoux, Tom, Starla, Flamme, Espoir, Rikiki, Supermalin...

- Moi, je suis Raplapla, la chauve-souris, une vraie de vrai, une de celles qui ne dort pas la nuit.

- Nous sommes enchantés de faire ta connaissance.

- Comme vous êtes étranges...

- Oui, nous avons eu quelques soucis avec le soleil. Nous avons perdu nos couleurs.

Lorsque Brûlant Touchant s'est énervé, il les a recrachées et voilà le résultat.

- Oh, regardez-moi ! J'ai retrouvé mes couleurs, dit Tom.

- Comment as-tu fait ? Et nous, alors ?

- Je pense qu'en sauvant Raplapla, je les ai récupérées.

- Cool, il suffit d'aider un ami et nous serons comme avant.

- Oh, j'en ai marre. Vous m'agacez. Vous trouvez toujours une solution et vous m'avez déjà oublié ! dit Brûlant Touchant.

- Ne sois pas si grognon et déçu ! Viens avec nous...

- Grrrr... Soudain, une petite voix les appelle :

- A l'aide, à l'aide.

Les amis se regardent inquiets et s'approchent... Ils aperçoivent une mouche ligotée dans une toile d'araignée prête à se faire manger. Flamme brûle la toile pour libérer la mouche.

- Bonjour, je m'appelle Kimi Tori, dit le cerf-volant.

- Bonjour, je m'appelle Flèche. Je suis une mouche, une vraie de vrai, une de celles qui vole dans la nuit, à pleine vitesse.

- Tu veux être notre ami, dit Tom.

- Avec joie.

- Ça fonctionne ! Regardez comme je suis beau, dit Flamme.

- Oui, tu es sublime, dit le soleil. Euh, non, non, non, non... euh... je te trouvais plus beau avant !

- Allez, continuons notre chemin et trouvons d'autres amis à aider.

Et là, un bruit sourd retentit. Supermalin et Yco sont tombés dans un trou. Dans le terrier, ils rencontrent un joli lapin blessé à la patte.

- Bonjour, je m'appelle Gros Poilu, un vrai de vrai, un de ceux qui mange de la salade à pleines dents. Je me suis blessé. Pouvez-vous m'aider ?

- Moi, je suis Supermalin et lui, c'est mon ami, Yco. Nous allons trouver une solution.

Yco appelle Kimi Tori et Starla. Kimi Tori les aide à sortir grâce à sa corde. Supermalin montre, avec sa loupe, la blessure de Gros Poilu à Starla qui la saupoudre de poussières magiques.

- Et voilà, tu es sauvé. Nous avons retrouvé nos couleurs, dit Kimi Tori.

- Tu vois, entre amis, nous réussissons de belles choses, dit Rikiki au soleil.

- Oui, je l'avais remarqué, dit Brûlant Touchant.

Plus loin, ils aident Ouistiti, le singe, un vrai de vrai, un de ceux qui saute de branche en branche.

Ils rencontrent aussi Courageuse, la coccinelle, une vraie de vrai, une de celles qui n'abandonne jamais. Au fur et à mesure, ils sauvent plein d'amis et ils récupèrent, tous, leurs couleurs.

Brûlant Touchant est émerveillé et décide de devenir gentil et d'avoir plein d'amis.

Au loin, Kimi Tori aperçoit un joli cerf-volant. Et là, c'est le coup de foudre...

Kimi Tori est ravi de rencontrer cette belle demoiselle.

Il s'approche d'elle...

Soudain, il entend : Tu es prêt Kimi ?
C'est Timéo qui arrive dans sa chambre.

- Nous sortons. C'est mercredi, aujourd'hui et je n'ai pas de devoirs !

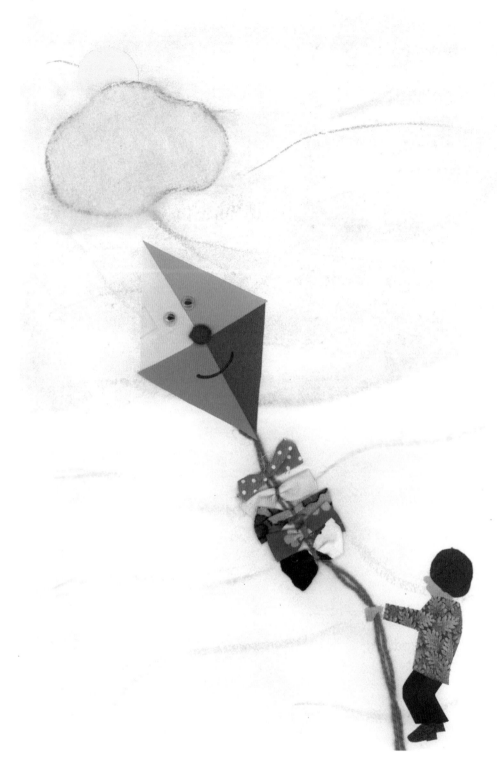

Et voilà, nos deux amis dans la grande prairie.

Timéo court, Kimi Tori s'envole, là où les vents le portent. Un nuage arrive...

- Bonjour, je suis Cotondoux. Et toi ?

Tous les rêves sont possibles, se dit Kimi Tori, en souriant.

28849608R00022

Printed in Great Britain
by Amazon